Les inattendus

DU MÊME AUTEUR

Albums pour la jeunesse

Phénoménal Kutyu, *Art Media*, 2005.
L'aventure Kutyu, l'aventure !, *Art Media*,
  2006.

Eva Kristina Mindszenti

Les inattendus

roman

Stock

ISBN : 978-2-2340-5970-2

Pour Míhaly et Sándor,
qui n'eurent pas le temps

Hófehér - 1994

1

En Hongrie, vous vivrez toujours auprès d'une frontière. Le pays le veut ainsi. Il y a la frontière, puis un fleuve, une grande plaine et l'autre frontière. Nous n'avons pas choisi.

En 1919, les trois quarts de nos territoires furent confisqués. Depuis, nous sommes tous frontaliers. Derrière ma fenêtre, la Slovaquie s'étire. L'Ipoly s'écoule, mince. Sa vase est profonde. Ses berges sont brûlées. L'Ipoly est la frontière. Large d'un homme allongé. À sa gauche, à sa droite, deux églises. En tout point, identiques. Nos sermons sont en hongrois. Les leurs, en langue slave. Nous sommes heureux, ici. Notre communauté minuscule ne connaît ni cohue, ni progrès, ni l'avidité. Le futur se noie dans l'Ipoly. Nous vivons heureux, ici. Nos maisons peintes cachent des cours arborées. Nous n'aimons pas montrer nos richesses. Les nôtres sont végétales. Dans l'unique rue du village, des pruniers rythment nos pas. Nous avons une poste. Nous avons une épicerie. Nous avons un bus. Le bus mène à une gare, où patientent des trains pour Budapest. À Budapest patientent des trains pour n'importe où dans le Monde. De ce fait, nous ne sommes pas si isolés que cela. Ce n'est qu'un sentiment, exalté, peut-être, par la succession des champs de blé jusqu'à vision morte.

Un hôpital ferme notre village. Ses patients sont des enfants. Menés par les ambulances, à peine issus de l'utérus maternel. Lukács y est garçon de salle. C'est ainsi que j'ai appris comment certains parents jettent leurs enfants, ici, à l'extrême pointe de notre pays, à peine leurs premiers cris poussés. Des parents terrifiés. Vaincus. Un formulaire. Une signature. Et les ambulances de la grande ville les conduisent ici, continuer ou finir leurs brèves, brèves vies.

Ces enfants sont ce que j'ai entraperçu de plus étrange. Je ne sais pas. Peut-être que dans notre capitale, celle qui enjambe un fleuve, notre fierté, avec ses bains turcs, ses immeubles art nouveau – peut-être que dans cette ville vivent des choses plus insolites encore. Peut-être ont-ils trop de choses insolites pour nous les envoyer.

Hófehér : deux cents habitants, une rue unique : dernière extrémité Nord de la Hongrie.

2

Mon père élève un verger. Mon grand-père et son père l'élevaient aussi. Notre maison était la leur. Grand-père aime à le préciser quand Apa le traite de vieux sénile, mais Apa est bien charitable de continuer à le nourrir, alors il dit ce qu'il veut. J'habite chez mon père, qui habite chez son père, qui a repris la propriété familiale. Je ne souhaite pas habiter chez eux trop longtemps. Un jour, je prendrai le bus. Je trouverai du travail. On trouve toujours du travail quand on est courageux. Je n'ai pas peur de me salir les doigts. Je pourrai devenir bonne, ou fille au pair en Europe de l'Ouest, dans une famille qui estimera utile pour l'avenir de ses enfants de connaître le hongrois. Le hongrois est une langue magnifique. János Arany est mon poète préféré.

Je lis à l'ombre des pêchers. C'est mon unique activité. Il y a peu, j'ai quitté le lycée. Lire de la poésie ou attendre sont deux passe-temps identiques, au détail près que lire nourrit, alors qu'attendre est un suicide. Attendre peut broyer le plus fort des caractères. Je n'ai aucun caractère. Si je lis, c'est pour me sentir aimée. Car János Arany m'aime. Il a écrit des livres pour que des gens comme moi ne sombrent pas. Dans la tristesse. Ou le vide. Pour que leurs sens soient exaltés quand rien ne les effleure. J'entends sa voix. Avec méthode, elle égrène les vers, construit les pieds, articule les phonèmes. C'est sérieux, la poésie. Mama m'a expliqué que l'utilité d'un poème, c'est d'apporter de la beauté quand toute perspective est de souffrir. Que la beauté, à elle seule, est une raison de vivre.

Quand les arbres plissent sous les fruits, qu'il ne sait plus à qui les vendre, mon père me fait porter le surplus à l'hôpital. C'est ainsi que je les ai vus. Le garçon qui rampe. La fille aux membres de poupée. Le garçon qui rampe. Un nævus, ciselé comme un continent, accapare son crâne dégarni. Je ne lui donne pas plus de neuf ans. La fille a pour bras et jambes quatre minuscules appendices greffés sur un corps de préadolescente. Elle prend le soleil. Une soignante feuillette avec elle un illustré. Je n'ai jamais rien vu de plus repoussant. Je n'ai jamais rien senti d'aussi attirant. Je reste, je ne sais pas combien de temps, là.

À observer.

Mais le directeur arrive. Il n'aime pas que des visiteurs traînent dans l'établissement. Ses mains étouffent mon bras.

« Ce n'est pas le cirque de Budapest ! » marmonne-t-il en me jetant dehors.

Je le sais. Je le sais bien. Aucun doute ne subsiste. L'attraction, au cirque de Budapest, c'est un violoniste virtuose.

3

Chaque soir, le garçon au nævus et la fille aux membres de poupée me visitaient.

Ils s'asseyaient près de la fenêtre et buvaient du café. Je ne comprenais pas comment ils pouvaient exister. Ce que leurs parents avaient commis pour les faire naître ainsi. Soudain, j'avais soif. Ils sirotaient de l'amertume. L'amertume fumait. Son odeur : une torture. Juste quelques gouttes. Juste quelques gouttes. Rien ne trahissait que mes visiteurs m'aient aperçue. Juste une goutte. Ma langue se soudait à mon palais. Mes lèvres craquelaient. Ils continuaient de boire. Je haletais. Ils haussaient le ton. J'aurais voulu bouger et leur dérober une tasse. Mes membres n'obéissaient plus. Mes jambes s'étaient soudées.

J'attendais qu'ils me remarquent. Ils ne remarquaient rien. Leur discussion était courtoise. Éduquée. Je n'avais qu'un seul pied à huit orteils.

Leurs silhouettes persistaient dans ma chambre, longtemps après le lever du jour. Sitôt debout, je m'observais méthodiquement. Je n'étais pas comme eux. Le miroir reflétait des grains de beauté sur tout mon corps. Certains étaient répugnants. Mais cela ne me rendait pas comme eux. Il ne fallait pas avoir peur. Je. N'étais. Pas comme eux. Lire est ma seule activité. Je ne feuilletais plus d'illustrés, de peur de ramener dans mes rêves la fille aux membres de poupée. Par chance, je n'ai jamais aimé prendre le soleil.

Jour et nuit, ils me hantaient. Me supplantaient en tout. Les monstres. J'avais de la chance : je n'étais pas comme eux. Mais à quoi bon être chanceux sans force pour le supporter ?

Un lundi, habillée de ce que j'avais de plus neuf, j'ai frappé à la porte de l'hôpital pour demander du travail. J'ai accepté le bas salaire. Les deux repas par jour. Les nuits de garde. Une soignante m'a conduite à un pavillon invisible depuis la rue. Des adolescents reposaient, invertébrés, dans des lits grillagés. Leurs soliloques produisaient un rugissement paisible. Ils gisaient droits. Immobiles. Figés dans la mollesse par des maladies neurologiques.

« C'est ton service. Tu changeras leurs couches. »

La soignante m'a laissée seule au milieu des corps.

J'ai regardé par la fenêtre. Il ne me fallut pas longtemps pour comprendre que cette fenêtre était inutile. La lumière heurtait chaque objet sans qu'aucun des malades la perçoive. Enfermés dans leurs lits. Enclos dans un monologue intérieur. J'ai pris une chaise et attendu que quelqu'un m'ordonne de changer leurs couches. Immobile. Figée dans la contemplation des arbres. De ma chaise, la Slovaquie n'existait pas. Dehors était une image. Parfaitement. Immobile. Nous gisions. Parfaitement. Immobiles.

4

Au début, je ne touchais jamais les patients plus que de besoin pour être payée. Je les contemplais. Ces corps déformés. Ces malformations congénitales. L'impact de Tchernobyl. Je me sentais vivante, alors. J'étais sauve. Miraculeusement. J'étais un miracle. Je pouvais m'aimer. Respirer était aisé. Courir, danser. Je faisais de plus en plus attention à mon alimentation. J'étais une travailleuse banale posée au point le plus simple, clair, humble de notre planète : Hófehér.

Le garçon au nævus, la fille aux membres de poupée, je les avais revus. Le premier ne marchait qu'à quatre pattes. La seconde vivait dans un brancard. J'étais rassurée. Mes cauchemars étaient ridicules. Je n'étais pas comme eux. J'étais soulagée. Ma curiosité s'accrut. Mon plus grand étonnement fut d'entendre la fille converser en langue étrangère au téléphone. Ce n'était ni du russe, ni du slovaque. Je crois que c'était de l'anglais. L'anglais a été longtemps mal considéré dans notre pays. Il fallait une motivation solide pour l'apprendre. Par exemple, se destiner au commerce international pour le service du Parti. Ou espionner l'Occident au profit du Parti. Le commerce international est un problème de Budapestois. L'Occident est perçu comme un problème tout court. En conséquence, l'anglais n'a jamais atteint les rives de l'Ipoly. J'ai essayé de deviner par quels moyens la fille l'avait appris. Si elle venait de la ville. Des théories confuses encombrèrent mon cerveau. Enfin, Magda m'expliqua que ses parents avaient fui le pays dix ans plus tôt pour le Canada. Là-bas, elle avait une famille, dont les plus jeunes enfants ne parlaient pas le hongrois.

Ses parents lui avaient envoyé une méthode d'anglais pour comprendre ses sœurs. Ils l'appelaient chaque saison. Avec la chute du régime, ils prétendaient revenir, repoussant toujours d'une année la date de leur retour. La fille aux membres de poupée lisait des illustrés pour tromper l'attente.

Mais non. Je. Ne. Suis. Pas comme elle.

5

Je ne connais pas l'histoire de notre village. L'école est dans un village voisin. De ce fait, je connais l'histoire du village voisin, mais pas du mien. Je ne sais pas si j'aime Hófehér. Je n'ai rien connu d'autre. Les magazines vendus à la poste décrivent une vie exotique. Je doute qu'elle m'effleure un jour. Je les feuillette un peu. Maman dit que l'on n'a jamais assez d'argent pour le mettre là-dedans. De plus, ça allume très mal le feu. Par contre, je sais tout de l'Ipoly. L'Ipoly n'est pas qu'une frontière, dérisoire, entre la Hongrie et le monde slave. L'Ipoly n'est pas un simple cours d'eau. En lui se cache le sceau de naissance de tous nos pères. Grand-mère m'a raconté. Elle en parle d'autant plus facilement qu'elle vient de Bratislava. L'Ipoly est l'argument ultime pour écraser son mari.

« Quand on vient d'un village comme le tien et que l'on vit encore sur les lieux de ses crimes, on baisse la tête et on se repent, voilà ce qu'on fait. »

Grand-père est du type sanguin. Mais il y est un peu encouragé. Reste l'Ipoly. Dans ses flots bouillonne notre péché originel. Celui de mon père, de son père, du père de son père, le mien. Peu importe qui enfanta qui : nous voilà unis par les liens fraternels de l'hérésie. Je suis aussi le grand frère de mon père. Chut, tais-toi. Mon grand-père est mon grand frère. Chut : tiens ta langue serrée derrière tes canines. Nous sommes nos tuteurs réciproques dans le silence. Je te guette. Tu me guettes. Nous vivons heureux, ici. Chut. Qu'il est laid, ce secret. Au point, encore, aujourd'hui, de courber nos nuques sous sa masse.

Nous pouvons faire mine de ne pas le connaître. Ou d'être agnostiques, et de nous en moquer. Nous pouvons jurer ne pas être coupables des agissements de nos pères et les renier, les renier tous. Mais le secret a perlé. Certains ont parlé. Quelques spécialistes témoignent : Hófehér est un point stratégique dans les archives de la sorcellerie magyare. Il y a bien longtemps, les rondes de sorcières virevoltèrent sur ses berges. Les cultes fortifièrent nos récoltes. À cette époque, les deux rives de l'Ipoly nous appartenaient. Nous n'étions pas tranchés en quatre. Notre pays nous appartenait. Cette campagne, ces chapelles similaires. Ce paysage. Il n'y avait pas de laissez-passer. La promenade était ample. Nous n'étions amers de rien.

Nos campagnes sont baignées d'obscurantisme. Les croyances remplacent la bibliothèque et l'université. Constituent notre savoir. Notre pouvoir. Les cultes païens aussi apaisent les doutes. L'Ipoly garde leurs secrets. Comment croire, en voyant nos maisons silencieuses, nos vies de labeur, que nos aïeux prirent part à des rites de magie rouge ? Une église est construite, aujourd'hui. Rouverte après l'abolition des autels dédiés au communisme. Les temps païens sont loin. Nous sommes heureux, ici. Épargnés du progrès. À peine salis par nos superstitions.

6

J'observe.

Je suis stupéfiée par la rapidité avec laquelle ma peur des malades s'est dissipée. Les premiers jours, en rentrant à la maison, je vomissais, j'avais envie de pleurer. Je jurais de ne pas y retourner. Le lendemain, j'y retournais.

Peu à peu, la lourdeur du travail s'estompa. Les malformations des patients perdirent leur caractère repoussant. Tout ce qui m'avait paru répétitif devint rassurant de familiarité. Je préférais dormir à l'hôpital. Cela me permettait de lire le soir et de me lever plus tard le matin. L'odeur de désinfectant n'était plus une gêne. Mon lit était confortable. Je petit-déjeunais avec les autres soignants. Je découvrais un confort familial à m'éveiller en entendant les malades, à partager chaque repas avec mes compagnons de travail. Une euphorie furtive que je n'étais pas sûre d'avoir ressentie avant.

L'hôpital suit sa propre loi. Ici, un crachat n'est pas nécessairement rebutant. Le vacarme n'étourdit pas toujours. J'explorais. Ce nouveau panorama n'était pas déroutant, comme dans un livre de Jules Verne. Aucun champignon géant à l'horizon. Les paysages étaient très proches de ce que j'avais toujours connu. Seul le point de vue différait. L'hôpital est un monde recomposé. Une lettre lue dans le désordre. Cet exercice d'observation me remplissait d'aise. Je me demandais jusqu'où pouvait aller le reniement de ce que l'on a appris. À quel moment mes parents, en comparaison avec les malades, me sembleraient difformes.

Je découvrais des émotions. Nourrir un enfant à la cuillère. Nettoyer une plaie. Le geste le plus commun pliait sous le mystère.

Le mystère est une promesse. J'ai eu envie de m'y dissoudre. Cela ne demandait aucun

courage. La porte de l'hôpital n'a pas de ser-
rure. Je pouvais fuir à tout instant. C'était
décidé. Centimètre par centimètre, j'allais
me fondre dans mon futur imprévu.

7

La pleine lune veille sur nous. Évite que nous trébuchions sur le chemin du retour. Traverse les vitres et se répand au sol. Elle poursuit nos pas d'un éclat glacé. Je suis ici. Je veille.

J'arpente les dortoirs, me penche sur les corps tordus. Leur beauté surgit dans le halo de ma torche. Une beauté insoupçonnable. Pas celle d'un tableau, où tout est clair et en place. Il n'y a pas d'évidence dans la grâce des malades. Elle ne séduit pas. Sa voix est atone. Son murmure s'exprime dans le velouté d'une joue. La douceur d'un torse. Une main décharnée, à travers laquelle palpite le doux bleu des veines. L'injustice est réparée par la révélation d'un secret. Si ces corps n'avaient pas existé, cette incroyable majesté aurait été perdue pour ce monde. Parce qu'ils sont, indiciblement, beaux.

J'erre longtemps dans les couloirs. Le sommeil s'est toujours dérobé sous moi. Je ne m'éteins que trois ou quatre heures par nuit. Maman a toujours dit que j'étais une enfant difficile. Je ne lui laissais pas de répit. Je veille. Ma sœur est partie. Il n'y a plus grand monde chez moi. Je pense que je ne manque à personne. Bien sûr, maman voudrait que je vienne la voir plus souvent. Elle ne comprend pas que, vivant à quelques mètres d'elle, je ne la visite pas. Mais je sais aussi que c'est un soulagement. Avoir des enfants coûte de l'argent. Ma famille n'est pas fortunée. À la maison, je n'ai jamais servi à rien. Je pleurais. J'avais faim. Jamais sommeil. J'ai grandi, appris, quitté l'école. Mais je n'ai jamais été indispensable à mes parents. Sinon, ils viendraient me visiter. Ils ne me laisseraient pas ici, au pavillon des enfants cassés. Je ne vivrais pas à l'hôpital. Je ne sais pas qui abandonne qui. J'hésite.

La nuit est mon espace, l'hôpital, ma coquille. J'ai quitté Hófehér sans avoir à prendre le bus. Je travaille. On trouve toujours du travail quand on n'a pas peur de se salir les mains. Les miennes sont pleines d'excréments, de bave, de morsures. Mais j'ai une maison à moi. Un salaire à moi. Un endroit où je suis attendue. Qu'aurais-je pu espérer de mieux, à l'Ouest ?

8

Les eaux de l'Ipoly sont sombres et lisses. Le chaos se concentre en son cœur. Les batraciens y grouillent. Rusés, visqueux. Des nuées de moustiques obscurcissent sa surface. Chut. L'Ipoly recèle un mystère. Chut. Elle baptisa les sorcières.

En son lit, le clapotis devient grondement.

Je suis une fille de l'Ipoly : des pique-niques en famille sur sa berge. Son étroitesse dissimule l'abysse. La rivière est une crevasse. Je suis sa fille. Son lit n'est pas un fond. Le sable se disperse sous un souffle, révélant des catacombes. La lumière ne perce pas jusque-là. Dans la vase, bourrelets légers, se devinent les os des nouveau-nés sacrifiés. Combien de récoltes furent sauvées par leurs noyades ? Combien de fois nous épargnèrent-ils un hiver trop rigoureux ? L'Ipoly est un cercueil. Nous avons tous appris, ici, à ne pas croire en son débit tranquille. À nous méfier du plus paisible des filets d'eau. L'Ipoly, complice de sorcellerie, est d'un grand enseignement. Ses eaux sont lisses. Sombres. Accueillantes, sous certains aspects.

La rivière marque la frontière avec la Slovaquie.

Nos églises sont identiques. Mais la frontière est là. L'Ipoly veille. Étroite. Accueillante. Abyssale. Tels que nous sommes.

Les petits de l'hôpital ne sont pas ses fils. Ils dérivèrent jusqu'ici par le fruit du hasard. Leur héritage est indemne. La plupart ignorent le soupçon. Ils se confient à nous. Souvent, ils s'abandonnent. Je crois qu'ils nous aiment. Jamais je n'avais été accueillie avec si peu de méfiance. Jamais personne ne m'avait attendue avec un cœur aussi battant. Je n'en tire pas d'orgueil. Je suis, je suis désarmée devant tant d'abandon. Les petits monstres m'aiment et je ne sais quoi leur répondre. Un monstre n'est pas aimable. Un monstre vient vous dévorer la nuit. Il surgit de l'ombre, et rugit, et profère des menaces sataniques. Et pourtant. Et pourtant. C'est moi, la fille de l'Ipoly.

9

J'aime les chiens. Leur gaieté. J'ai un chien. Je l'ai appelé Kutya. Je sais. Ce n'est pas très original.

Un rien l'enorgueillit. Rapporter un lapin exsangue dans la chambre de mes parents est sujet à une immense autosatisfaction. Marcher au côté de mon père suffit à l'enfiévrer. Déterrer un vieux bâton, le mordiller, et la vanité l'amène au bord de l'évanouissement. Chez lui, l'arrogance est inséparable de la gaieté. C'est pourquoi Kutya est tout le temps gai. J'ai souvent souhaité être un chien. En chien, je n'aurais plus honte de ce que je suis. J'ai honte, sans cesse, sans cause. Si j'étais Kutya, je ne me sentirais coupable de rien. Je serais fière, et c'est tout. Si j'étais mon chien, le bonheur m'ouvrirait les bras, qu'il a étroits et sélectifs, comme beaucoup l'apprendront. Je ne serais plus ce corps humain désaccordé. J'ai vingt ans, mais au fond, je suis minuscule. Je suis mon propre fœtus.

C'est-à-dire : rien encore.

Alors j'attends. Je n'attends rien que l'humain puisse traditionnellement espérer. J'ai des aspirations de chien.

Je n'escompte ni amour, ni famille, ni enfants. Il faut avoir commencé sa vie pour espérer cela. Mon mode d'existence est autre. J'attends probablement de naître. Malheureusement, je ne peux pas choisir l'heure de ma naissance. Tout comme je n'ai pas choisi mes parents, ni d'être humaine, ni d'être une femme. Si j'avais eu le choix, je serais Kutya. Je déterrerais des cadavres de taupes. Je fouillerais la terre meuble avec mon nez, me roulerais dans la charogne, et mes doigts ne serviraient qu'à déchiqueter les petits animaux. Mon père passerait du temps avec moi. Il a de la chance, Kutya. Nous irions nous promener. Maman me caresserait, riant de mon idiotie avec attendrissement.

Certes, si j'étais mon chien, János Arany

ne pourrait pas m'aimer comme il le fait. Il n'aurait jamais écrit pour moi. J'ignorerais son existence, mais avec superbe, ce qui compenserait. Même cela, je suis prête à le sacrifier pour être mon propre chien. Qu'un immense poète écrive pour sauver ma vie humaine ne vaut pas ma vie canine. Une destinée courte : dix ans, tout au plus. Mais si bien remplie. Sur la fin, je sentirais constamment mauvais. Personne ne me le reprocherait. On déplorerait que ma mort soit si proche. J'étais un bon chien. Tellement incapable. Tellement conforme à ce que l'on attendait de moi. Drôle et incapable. Je pense à cette vie ratée, me raccrochant au dernier espoir qu'il me reste : que le fœtus que je nourris naisse enfin, tant qu'il le désire encore.

10

La souffrance est partout. Elle valorise la plus infime parcelle de bonheur.

Quelques parents viennent le dimanche. À Noël. Une fois par lustre. Jamais. Ces minutes sont des perles. Des îles parfumées. Ce sont nos lilas noirs. Nous préparons les enfants aux retrouvailles. Vêtements propres, eau de Cologne. La bouteille appartient à une soignante. C'est le cadeau de Noël de sa fille. Elle le partage sans compter. Mais rien ne sert de parer l'hideux. Sa disgrâce n'est que plus repoussante. Le plus vaillant des parents ne peut feindre la joie face à son propre fils. Toujours, le rappel de l'échec. J'ai enfanté un monstre. Mon enfant est un monstre.

La plupart jouent leur rôle. Les plus

faibles pleurent sur nos épaules. Nous ne les consolons pas. Ces enfants ne sont pas arrivés ici tout seuls. Ils nous ont confié leurs déchets. Nous ne les consolerons pas.

Un père m'a fait plaisir. Je l'ai entendu nous traiter de véritables chiennes. C'est vrai. Une chienne, elle s'occupera toujours du bébé d'une autre. Un chiot, un tout-petit : il n'est pas à elle mais elle le prend, le lèche, le protège comme le sien. Jamais je n'ai vu une chienne rejeter un chiot qu'on lui confiait. Merci. Merci infiniment, monsieur.

Les parents d'Ádám n'arriveront pas. Une nouvelle fois, leur visite est reportée. Trop tard. L'enfant est prêt. Il sent bon. Son visage est éclairé d'une radiance qui ne nous sera jamais destinée. Magda tente de lui expliquer : « Apa et Mama ne peuvent pas venir. Ils ont eu un empêchement. »

Ádám pleure. Son buste d'usage inerte est secoué de vagues. Ses difformités s'estompent dans le ressac. Je. Pose ma main. Sur sa poitrine. Je. Sens. Son cœur. Petit Cœur Pur ne connaît du dehors que les cahots d'un fauteuil roulant dans l'unique rue du village. Petit Cœur Pur ne connaît pas ses parents. Ádám. Ne pleure pas. Non. Ne me mords pas. S'il est triste, Ádám mord. Ses dents sont acérées. Mon doigt garde une cicatrice ourlée de ce chagrin précis. J'ai étreint Ádám, en l'éloignant de mon cou. Je ne voulais pas finir égorgée. J'ai caressé l'excroissance de son crâne, ses cheveux blonds et doux. Ses bras, je les ai mis sur mes épaules. Je l'ai soulevé.

Ádám est léger. L'étreindre est une douleur. Aucun muscle ne le leste. Des os, de la chair molle : Ádám.

Je l'ai reposé dans son petit lit, en chien de fusil, à cause de la bosse qui l'empêche de reposer à plat. Il pleurait à larmes continues. Dénuées de rage. De colère. Il pardonnait déjà. Il attendait déjà. Le moment de rentrer chez lui. De retrouver un père, une mère. J'ai tenu sa main jusqu'à l'endormissement.

En regardant Ádám dormir, pour la première fois, j'ai eu envie de devenir maman.

11

Chez moi, il n'y a personne, ou pas grand monde. Ma sœur est partie. Apa souhaitait qu'elle épouse Béla et qu'ensemble ils reprennent le verger. Dóra n'aimait pas Béla. Elle nous a quittés. Elle fit un choix parmi les trois qui lui furent proposés : le verger, l'hôpital ou partir. Elle m'écrit souvent. Je ne lui réponds pas. Elle m'a fait mal. Je la hais, je l'aime. Il n'y a plus grand monde chez moi. Elle me manque.

Le verger, la maison, il faudra bien les vendre, quand Apa et Mama seront morts. La maison, le verger du père du père du père de mon père, il faudra les vendre. Ou les abandonner. L'herbe rentrera dans les chambres. Le plafond s'affaissera. Sous mon lit, des chardons. Sur mon bureau, du plâtre émietté du plafond.

Dans la cuisine, un serpent a fait son nid. Les chiens entrent et sortent par la porte défoncée. La cuisine est un jardin. Une graine est entrée, poussée par le vent. Elle s'est posée dans l'interstice de deux lattes de parquet. Un arbrisseau est sorti de terre. Avec les années, il a forci et défoncé le sol. Son tronc est large, maintenant. Un bras entier peine à en faire le tour. Ses branches ont dérangé les tuiles. Un puits de lumière laisse la pluie irriguer ses racines. À l'automne, ses feuilles se dispersent dans toute la pièce. L'hiver les pourrit. La mousse dissimule le parquet. Des insectes grouillent dans ses méandres. Les légers craquements qui accompagnent le pas ne sont pas le fait du bois. Ce sont les cloportes qu'on écrase.

Certains se rappellent qu'une famille habitait là. Qu'elle exploitait un verger. Dans celui-ci, les arbres sont moribonds. Quelques pousses récentes s'intercalent entre les troncs secs. L'herbe a grandi jusqu'à la poitrine des arbres. Leur maigre production est pillée par les voisins. On n'a pas de nouvelles des enfants de cette maison. La fille aînée est partie dans sa prime jeunesse. La seconde a traîné ici un moment avant de disparaître. Personne ne sait où elles sont allées. Personne ne s'en souvient. De toute façon, la maison n'est plus à vendre. Les ruines s'érodent autour de l'arbre de la cuisine. Les enfants n'ont pas le droit d'y entrer. C'est beaucoup trop dangereux. C'est une maison pour les chiens, les serpents et les insectes. C'est un verger pour les herbes hautes.

Si mes parents avaient donné naissance à un fils, rien de ce gâchis n'aurait pu exister.

12

Je me suis surprise à me relever la nuit
pour vérifier la respiration des pensionnaires. L'angoisse s'enracine dans une
haleine étrangère. Ce sentiment est insup-
portable. Pourtant, à travers lui, j'existe
pour quelque chose. Je suis justifiée. Je
crains que leurs respirations ne s'éteignent.
C'est infernal, pourtant, nécessaire, maintenant. Que se passerait-il si leurs poitrines
ne se soulevaient plus, comme l'a appris
une poitrine bien faite ? La poitrine serait
perdue. Pour elle-même. Pour moi. Il y a
un piège à travailler dans cet hôpital. Me
voilà liée à une autre vie. Cet état est détes-
table. Longtemps, j'ai lutté contre. Je me
sentais seule et j'aimais ça. Mon confort
résidait en ne rien devoir à personne. Pour

l'atteindre, la solitude devait être totale. Une relation à peine esquissée peut mener à la servitude. Les commerces humains sont un déséquilibre. Il faut intercaler les donations avec adresse. S'accorder, à l'avance, pour que des manquements soient tolérés. Définir leurs mesures. Ma sœur m'a toujours donné plus qu'elle n'a reçu de moi. C'est parce que je n'avais rien à lui offrir.

J'ai une qualité : j'aime la justice. Quand on n'a rien à donner, mieux vaut rester seul. Beaucoup ignorent leur vacuité. Ils espèrent se fondre dans le monde et en reviennent déçus, aigris de n'avoir pas trouvé d'amis assez fidèles, d'amants assez compréhensifs, de famille assez aimante. Ils repartent toujours vers la foule et s'y heurtent sans cesse, inconscients de ne rien posséder qui leur permette d'être accueillis. Je les plains. Chacun est soumis au vide initial, mais certains le refusent, et choisissent de souffrir. La construction d'un humain exige un effort immense pour qu'il crée quoi que ce soit à garder et, en plus, quelque chose à offrir. La fatigue de ma mère, l'indifférence de mon père, la fugue de ma sœur m'ont ôté mes illusions. Je les en remercie. Mieux vaut savoir au plus vite. Ainsi, il n'y a pas d'amertume.

À l'hôpital, je venais pour aider. Pas gratuitement. Contre dédommagement. Je ne donnais rien de plus que pour compenser un salaire. Au forint près. Tout était convenu d'avance. Aucune surprise. Pas d'imprévu. Ce soir, je fais le tour des dortoirs. Je crains que la respiration des malades ne s'abrège. Sans elle, je retourne au néant.

13

Nous n'avons pas de quoi soigner nos enfants. Les pays de l'Ouest nous envoient des boîtes de médicaments entamées. Un jour, pourtant, nous rejoindrons l'Union européenne. Certains remèdes sont périmés. Les généreux donateurs précisent qu'ils agiront quand même sur nos organismes privés de médecines. En Occident, il semble largement admis que l'organisme d'un Hongrois diffère de celui d'un Français. Sur nous, les médicaments périmés fonctionnent. Les anciennes puissances coloniales retrouvent un peu de leur superbe en s'inventant de nouveaux nègres à humilier. Pourtant, un jour, nous intégrerons l'Union européenne. Que se passera-t-il alors ? Sous Staline, déjà, l'humiliation n'était pas envisageable. Nous avons défié le Petit Père des Peuples. Nous avons perdu, mais nous l'avons fait.

À l'encontre de sa politique de suspicion généralisée, le communisme fut une ère fédératrice – fédératrice des peuples par la douleur. Nous sommes hongrois, russes, biélorusses, polonais, bulgares, serbes, croates, tchèques, slovaques, allemands, ukrainiens, roumains, caucasiens, lettons, géorgiens, albanais, lituaniens, moldaves, estoniens... ensemble, assez nombreux pour peupler plusieurs continents. Nous vivons une fraternité de cinquante ans dans la souffrance, plus complexe que n'importe quels intérêts économiques. Nous partageons la même Histoire, les mêmes manques, par-dessus tout, le même espoir. Nous voulions tous la liberté. Pouvoir nous exprimer librement, sans peur de l'emprisonnement. Avoir le droit de croire en Dieu. De choisir nos livres. Ne plus craindre que nos fils ne dénoncent aux services secrets notre désir d'indépendance. Nous sommes, déjà, une Communauté Européenne Historique. Vos intérêts communs, généreux Occidentaux, sont ponctuels et fluctuants. Ne nous sous-estimez pas. Ne nous prenez pas de haut. Vous nous envoyez des médicaments périmés. Voici la base que vous choisissez pour notre future coopération européenne. Vous nous regardez crever. Ne vous offusquez pas si, au milieu des remerciements, des crachats frôlent votre visage.

Les médecines pourrissantes dorment dans la poubelle. Pour calmer les enfants, nous n'avons que les berceuses. Magda chante un air ancien, triste. Je ne connais pas de chansons. Précisément, je ne connais pas l'envie de chanter. La musique m'est étrangère. Je crois n'en avoir jamais écouté. Les seuls airs qui m'aient touchée sont les génériques des dessins animés soviétiques qui passent encore à la télévision. Mais je sais que ce n'est pas ça, la musique.

La musique, c'est le ballet des fourmis sur le mur.

Ce sont les battements de bras d'Erzsébeth quand elle secoue le linge. La musique est un déplacement. Elle est la ligne continue de nos gestes de notre naissance à notre mort. Elle nous mène. Chacun possède la sienne. L'audition est l'une de ses facettes. Une infime manière de la percevoir. Dans son état liquide, la musique est notre mère à tous. En va-et-vient, elle irrigue nos artères. De la sève, du sang.

Pour calmer les enfants, nous n'avons que les berceuses. Il faut chanter. Je le ferai à ma manière. Je mime. J'ai composé des saynètes. Il y a les grands classiques, bien sûr. Je place la tête des enfants de côté afin d'être vue de tous. Je sors. Je rentre en courant, glisse, tombe. Au sol, mes membres gesticulent au milieu d'une flaque d'huile imaginaire. Les enfants sourient. Je me relève, retombe. Relève, retombe. Retombe, relève, retombe. J'instaure une variante : je ne tombe plus mais vacille, en équilibre précaire au sommet d'une montagne. Je mime la montagne. Elle est énorme. Je me hisse à sa pointe. Me voilà en état d'apesanteur. Mes doigts protègent mes yeux en visière. Il fait beau. L'air est pur et légèrement nacré. Je domine un pays où domine une montagne. Mais ce n'est pas ma terre. Chez nous, il n'existe que trois choses assez énormes pour brouiller un paysage : une plaine, une ville, et le fleuve qui partage cette dernière. Je perds l'équilibre, dévale la pente enneigée. Selon toute probabilité, c'est le versant nord. La descente, vertigineuse, dure des jours. Ainsi, un jour, je m'écrase.

Bien sûr, je me relève. M'époussète un peu. Les enfants capitulent sous la puissance du rire. Épuisés, ils s'endorment. Leurs visages trahissent leurs rêves : un pays dominé par une montagne au sommet si pointu qu'il est difficile d'y garder l'équilibre. Voici ma berceuse. Voici mon offrande : un ailleurs.

14

L'hôpital compte cinq pavillons. Celui des adolescents, celui des adolescentes. Deux pour les enfants. Un dernier pour les ultraviolents. Les femmes n'y pénètrent pas. Ses locataires en ont détruit chaque parcelle. Leur mobilier se résume à des matelas. Les oreillers et les couvertures étaient détournés pour l'étouffement. J'ai traversé, une fois, le pavillon des ultraviolents. J'ignorais qu'une telle terreur pouvait étreindre. Les patients bénéficient d'un jardin privatif. Ils ne se côtoient qu'entre eux, contenus, faute d'être soulagés. Beaucoup ont grandi à l'hôpital. Ils sont passés par plusieurs pavillons avant d'échouer ici. Nul se saurait dire si leur violence était innée ou si l'enfermement les a modelés ainsi. Nous faisons de notre mieux pour rendre l'hôpital supportable, mais rien ne peut masquer sa nature profonde : une poubelle pour humains. Peut-être naître dans une poubelle rend-il dangereux. J'essaie d'oublier que ce pavillon existe. Ce matin, je travaille chez les enfants. Bien sûr, je les préfère aux autres. Ils sont doux, ils sentent bon.

J'ai beaucoup ri avec Ádám. Il m'a un peu mordu quand je l'ai nourri, mais cela n'avait rien de désagréable : un léger pincement sur mon index.

Nous rions souvent, à l'hôpital. Au dîner, Bálazs a craché sa purée au visage de Lukács. Tout le monde se tenait les côtes. Les pensionnaires claquaient des mains. Bálazs est fier de sa blague. Il possède un grand sens de l'humour. C'est ce que j'ai toujours apprécié en lui.

Ce qui me touche le plus, chez György, au pavillon 2, c'est sa pudeur. Sa délicatesse est de dentelle. Son respect de lui-même, exemplaire. Il a choisi sa soignante. Elle seule le nettoie. Personne d'autre ne l'a vu nu. Personne ne le verra débraillé. Sa colère, quand il se souille, est terrifiante.

Il ne faut pas le plaindre. Il ne faut pas le regarder. Son autorité naturelle impressionnerait un commissaire de police.

Chez les adolescentes, j'ai rencontré ma meilleure amie. Júlia est la joie de vivre personnifiée. Un plaisir infime lui suffit. À la veillée de Noël, elle serrait son puzzle sur sa poitrine comme un bébé. Elle veut toujours aider avec les plus petits. Elle ne voit pas la différence entre elle et nous. Il faut lui refuser. Elle est dangereuse. Nous déclinons son aide. Elle ne s'en offusque pas. Marque la frustration une seconde puis se force à chanter avec les personnages de dessins animés. Elle a choisi le bonheur. Nous avons presque le même âge. Je la regarde, je me regarde. Je me force à ne pas avoir honte. Devant la glace, ensemble, nous faisons des grimaces. Dans ces instants, je sens que je m'élève un peu. Dans ces instants, je ne suis plus une ronce. Je porte aussi des fruits. J'apprivoise la reconnaissance.

15

J'ai appris, à l'hôpital, qu'il y avait des enfants qui pensaient aussi précisément que nous mais qui ne l'exprimaient pas. C'est pour cette raison qu'on les appelle des légumes. Pourtant, ils ont de l'ambition. Elle peut sembler dérisoire.

Ne pas baver. Ne pas hurler. Serrer les doigts autour d'un objet sans qu'il tombe. Rester digne. Mais c'est une haute ambition, ça, que d'être digne. Tant d'entre nous échoueront. Ces enfants la convoitent. Ils désirent être de dignes légumes. Je les envie. Parce que je crois que, même si je le voulais, je ne parviendrais pas à être honorable. Mais je ne le désire pas. J'ai toujours senti que ce n'était pas dans ma nature. Les aspirations hautes me sont interdites. Je n'ai pas d'amertume. Il faut des monstres et des validés, l'aristocratie et la fange pour que la bonne moitié de l'humanité réalise son bonheur d'y appartenir. Une moitié de l'humanité soulagée, c'est déjà ça. Faute d'être méritoire, je suis fière d'offrir mon irréprochabilité à de parfaits inconnus. Des gens que je ne croiserai jamais. Des gens qui pourraient nous remercier. Écrire une carte au directeur de l'hôpital le plus proche :

« Monsieur le directeur, je m'appelle Gyula Konrád, et je voudrais vous remercier de vous occuper de ces enfants victimes de la vie. Je me porte moi-même très bien et ma descendance s'achemine doucement vers de hautes études. Sans vous, je ne serais pas conscient de mon bonheur. Je vous salue en vous exprimant ma plus entière gratitude. »

Des affiches pourraient être placardées aux murs de nos banlieues :

« Avis à la population : nous, habitants des quartiers riches, nous tenons à saluer votre courage qui fait paraître notre oisiveté moins difficile. S'ennuyer est épuisant. Mais votre labeur l'est plus encore. C'est avec émotion que nous finançons cette campagne d'affichage afin de vous assurer de notre gratitude et de notre profond respect.

PS : Recherchons femmes de chambre avec références. Veuillez appeler le numéro ci-contre. (Urgent !) »

Ce serait un juste retour des choses. Nous voulons bien être misérables, mais pas gratuitement. Que l'autre moitié de l'humanité nous appelle. Qu'elle nous écrive.

En ne doutant pas qu'un jour la roue tourne, nous vous remercions, à l'avance, de vos pensées compatissantes.

Bien à vous.

16

Au début, j'en faisais juste assez pour être payée. Je n'oubliais pas que j'étais d'abord venue pour observer. Je changeais des couches, nettoyais des sexes. Les préadolescents bavaient – les plus articulés d'entre eux tentaient de me toucher. Contre eux, j'avais mon indifférence.

À l'hôpital, les soignants sont partagés. Certains viennent pour prolonger une vie âpre et répétitive. Ils n'ont pas encore abandonné leurs rêves d'enfants : partir à la ville ou embrasser une carrière artistique. Ils auraient aimé faire des études. Mais dans leurs filiations, personne ne quitte Hófehér. On naît et on meurt ici. L'implantation de l'hôpital a diversifié leurs prétentions. Ils seront, au choix, paysans ou soignants chez les enfants abandonnés. Ils rentrent vieillis, un peu plus chaque soir, par la misère qu'ils n'ont pu adoucir. Pas celle des malades. Mais ce qu'est leur propre vie. Une vie qu'ils partagent, en tout point, avec les monstres. L'impuissance nous guide tous.

Mais il existe une seconde sorte de soignants. Il y a Katalin.

J'ai découvert que, oui, certains pensionnaires appartiennent à ceux qui les soignent. Ces parents ont vécu deux fois : une fois dans l'insouciance, une autre, avec un enfant malade. Petit à petit, ils ont fini par s'occuper des enfants qui appartiennent aux autres.

Katalin vient tous les matins bercer Mihail avant de prendre son service au pavillon des adolescentes. Elle ne désire pas travailler avec son fils. Elle veut qu'il apprenne à vivre sans elle. Elle le souhaite libre. Au début, je regardais, pleine de méfiance, cette soignante murmurer à l'oreille d'un monstre. Méfiante, un monstre jouer avec les bijoux d'une femme élégante. Son accent trahissait le sud du pays. J'ai appris que Mihail était son fils. Ils habitaient à la ville, avant. Katalin, Mihail et son père.

Elle s'occupait de tout autre chose. De dossiers, d'emploi du temps. Elle était secrétaire à Békéscsaba. Quand Mihail est né, sa première vie s'est arrêtée. Brisée aux mêmes endroits que les difformités du nouveau-né. Trois vies, en mille morceaux. Quand Mihail eut un an, ils quittèrent la ville et achetèrent la petite maison à l'entrée d'Hófehér.

Les premiers mois de l'internement, Katalin venait tous les jours bercer son enfant. Puis elle rentrait chez elle, taillait les rosiers, décorait la chambre où Mihail passait une nuit par semaine. Quand un poste de soignant s'est libéré, elle a demandé la place. Elle dort, depuis, toutes les nuits à l'hôpital. Elle a vendu sa maison. Son mari est retourné à Békéscsaba.

Je n'avais jamais considéré les patients autrement que selon leurs maladies. J'ignorais que, malgré les manques, il existait une personne entière, là-dessous. C'est vrai, ces enfants ne parlent pas. Ils gémissent, ils râlent, ils sourient. Certains ânonnent. Leur langage est indistinct. Discours saccadés, hachés, crachés. Comme pour un bambin qui babille, il faut apprendre autant de langages particuliers. Il y a de la fierté à comprendre. Nous nous sentons lettrés. À l'hôpital, j'étudie aussi les langues étrangères.

En regardant Katalin, j'ai compris combien la vie des pensionnaires s'imbriquait dans les nôtres. Ensemble. Dans cet enfer. Ensemble. En enfer. C'est doux.

17

J'ai reçu une lettre de Dóra. Mama est venue me l'apporter. Je l'ai jetée sans l'ouvrir. Je ne veux pas de nouvelles d'elle. Je suis sûre qu'elle va bien. Dóra n'est pas de la race des pleureuses. De toute façon, si mal il y avait, elle ne me le dirait pas. Maintes fois, elle m'a proposé de la rejoindre.

Aujourd'hui, elle vit dans notre capitale. Travaille à la fabrique de bière. Une chance si elle ne finit pas alcoolique.

Mama est fière. L'une de ses filles travaille à Budapest. Ma mère ne vérifiera pas si elle est bien logée, si elle se nourrit bien. Mes parents n'ont jamais pris le train. La vitesse les effraie. Elle préfère croire Dóra.

« Chers parents,

Je vais bien. Iván et moi avons pris un appartement ensemble. Notre vie est paisible. Nous venons d'adopter un petit chien. Il est très drôle et affectueux. Mama, si tu pouvais m'envoyer ta recette de poulet au paprika, je pourrais gâter un peu mieux mon fiancé. Nous viendrons vous voir dès que nous aurons des vacances, mais le nouveau loyer nous oblige à travailler encore plus. Cette semaine, je commence mon travail du dimanche chez un marchand de fruits et légumes. Je suis fatiguée, mais rien de grave.

Dóra, votre fille qui vous aime. »

Mama range ses lettres dans une petite boîte. Elle dit que c'est pour les préserver, elle le croit. Mais je sais que c'est pour ne pas souffrir d'avoir aussi perdu sa première fille. Mes parents n'ont jamais senti que leurs enfants les fuyaient. Ce n'est pas leur faute. Ils n'ont rien fait pour.

Il fut un temps où Dóra et moi étions soudées. Malgré notre différence d'âge, on aurait cru des jumelles. Pour échapper au village, Dóra m'a quittée. J'ai vu quelques photos d'elle dans sa nouvelle vie. Elle a beaucoup changé. Jusqu'à la teinte de ses cheveux. Seule une vague ressemblance persiste. Elle pose au côté d'Iván. Iván m'a remplacée. Je ne comptais pas tant que cela pour elle. Tu m'as abandonnée. Tu m'as remplacée. Je ne comprends pas. Je n'ai rien fait pour. Dorénavant, je suis seule. Très bien. C'est plus simple.

Je m'en doutais, tu sais. Je n'étais pas ce qu'il te fallait. Une sœur, ce n'est pas assez. Pour nos parents, une fille, c'est déjà trop. Notre famille est pauvre. Elle a toujours peiné à nous nourrir. Mama est fière que tu fabriques de la bière à Budapest.

Autrefois, quand nous étions jumelles, je regardais Dóra et je la trouvais belle. J'avais l'impression de valoir quelque chose en retour. Je lui parlais et me sentais comprise. Mais j'avais tort. Elle ne m'entendait pas. Sa vie se construisait déjà ailleurs. Je n'étais rien. Je ne valais pas la peine qu'on s'attarde.

Un soir, dans son appartement budapestois, éreintée par dix heures de travail, Dóra m'a écrit une lettre.

Je l'ai jetée sans la décacheter.

Ne t'inquiète pas, Grande Sœur. J'ai compris. Tu n'as pas à te faire pardonner.

18

Ferenc est un enfant-poisson. Il est né quelques mois après la catastrophe de Tchernobyl. À huit ans, un berceau lui suffit. Ses jambes, ses bras sont liés à son torse par des cartilages. Son visage est toujours en souffrance. Ferenc est le Christ à la descente de la croix. Chaque angle de sa chair exprime une chute. Il gît articulé à l'encontre de toute vie. Son visage est percé en deux endroits, fiévreux, sans fond : deux puits sans fond. Il ne faut jamais regarder Ferenc dans les yeux. Perdu dans ces profondeurs, on ne peut qu'aimer, passionnément, le petit enfant. Il ne faut pas aimer le petit enfant. Il va mourir. Bientôt. Dans quelques mois. Un ou deux ans, avec de la chance. La vie de nos pensionnaires excède rarement leur dixième année. Je l'ai appris, compris, accepté. Il va bientôt partir. Nous évitons de regarder Ferenc dans les yeux.

Je fais le tour des dortoirs. En passant devant le berceau de l'enfant-poisson, à travers le voile, j'ai perçu son visage d'icône, paupières closes, lèvres scellées. La lune le colorait de vert. Sa poitrine ne se soulevait pas. C'était la première fois que j'étais face à un cadavre. Le contact avec un mort est incompréhensible. Un cadavre est un entre-deux. L'approcher est se poser au seuil. Au seuil. De ce qui fut un humain. L'approcher est se risquer au seuil. Le seuil. D'une tempête larvée. Au tout début du néant. Ferenc était vert de lune. J'étais blanche au-dedans. Une page vierge de tout sens. De tout verbe. Si proches en cet instant. Le cadavre et moi. Verts, blancs, vides, tous les deux. Puis Ferenc a ressuscité. Sa bouche s'est ouverte et a hurlé en silence. Quelque chose a grincé, son buste a retrouvé le souffle. Ressuscités. Nous étions sauvés, du vide, écartés, du seuil, pour l'instant, pour l'instant.

Après la résurrection, j'étais épuisée, si lasse. Une mue s'opérait. Ma lourdeur de toujours s'effritait. Je n'avais qu'un désir :

dormir. La sensation, nouvelle, était douce. Les paupières se lestent, elles se frôlent, s'effleurent, refusent de se desceller. Le corps s'engourdit. Chaque membre pèse le double de son poids. La réalité, les rêves se heurtent, quelques secondes encore. Vision brouillée. Respiration lourde. Je m'enfonce dans la brume. Identique à l'hiver, mais chaude, chaude. L'organisme se relâche enfin. Il n'y a plus de mal à s'abandonner. Le danger dort, lui aussi. Le sommeil est une libération. Je ne m'éteins pas. Je ne sombre pas. J'accepte.

Le repos est une acceptation.

Un miracle est la succession, sur un temps très court, d'une révélation et d'un devoir à accomplir. Par miracle, je n'avais plus peur d'être faible.

19

Deux bras, deux jambes, une tête qui marche. Où se cache l'humanité ? Un bras, deux jambes, une tête qui marche. Où ? Deux bras, deux jambes, une gueule cassée. Aucun bras, plus de jambe, une tête bien faite. Pas de bras. Pas de jambes. Une gueule cassée. Où se cache l'humanité ?

Je ne me regarde plus de la même manière. Je doute. Je n'ai jamais été très sûre de ce que j'étais, mais je gardais trois certitudes : être une fille, être hongroise, être humaine. Aujourd'hui, je ne sais plus ce que mes organes signifient. Je n'ai plus d'identité. Je ne la cherche pas. Au fond, tout cela m'indiffère. Je me moque d'être une femme, d'être hongroise, d'être humaine. En premier lieu, j'ai toujours envié les chiens. Longtemps, je n'ai aimé qu'eux. Parce qu'on se comprenait. Surtout : parce que j'étais certaine de leur être supérieure. Aujourd'hui, je ne sais plus. Vaut-il mieux être un chien valide ou un humain abîmé ? Je penche pour le chien, valide ou abîmé. Parce qu'un chien, lui, ne se posera jamais cette question. Il est trop concentré à vivre pour gâcher du temps à cela. C'est pour cela que je l'envie. Le chien l'emporte sur l'humain. Nous. Il y a une chose que je déteste, chez nous. C'est notre langue. Notre langage. La nature profonde du mot, c'est la contradiction. La maîtrise de soi, une parfaite mémoire des phonèmes dits sont essentiels pour contrer la nature versatile de la parole. Mais ce n'est pas possible, de se contrôler ainsi, ce n'est pas possible. L'homme est misérable devant la force de ce qu'il prononce. Le privilège de son chien, c'est qu'il ne dit mot. Sa supériorité naît de son mutisme. Un chien, il fait des choses. Le cours de sa vie se répand. Un événement, une action : coups de patte, grognements, fuites, endormissements, lapements. Le chien, il fait des choses. Il évite de parler.

Il ne se contredit pas. Les chiens ont les mêmes qualités que les livres. Un livre vit, lui aussi, sans que rien puisse troubler l'ordre de son discours. Les minutes passent. Les années. Les siècles s'empilent. Il demeure fidèle à son propos. Son organisme est insensible aux retournements de l'âme. Écrire est un acte de résistance contre le grand dégueulis de mots qui avilit l'homme. L'humain parle. C'est sa faiblesse. Son chien agit. Il ne jouira pas d'un second avis. Aucun discours pour faire patienter l'agresseur. Il mourra en son heure. Sa vie aura été rectiligne. De ce fait, tout y fera sens. Nous sommes handicapés par notre langage. Nous sommes des handicapés de la langue. Le Sur-Homme ne sera pas précisément grand. Ni blond, ni sportif d'ailleurs. Mais sa pensée se traduira uniquement par l'écrit. Nous ignorerons le son de sa voix. Nous ne l'admirerons pas pour cela. Nous le jalouserons pour son excentricité, nous le mépriserons pour sa valeur, nous le tuerons pour l'empêcher de nous culpabiliser.

Conspué, il brûlera sur un grand bûcher en place publique. Il éprouvera le même sort que certains firent subir à nos livres. Aux flammes.

L'Histoire en décida maintes fois : son chien et ses livres sont les plus grands ennemis d'un homme.

20

C'est parce que nous n'avons pas de distractions. Pas de plaisir. Aucun moment, aucune maison pour l'accueillir. Où irait-il ici, le plaisir ? Nous sommes laborieux. Pauvres. Nous n'avons pas de temps pour ces choses-là. Quelles choses, d'abord ? Nous ne savons même pas de quoi vous parlez. Chaque jour ressuscite son aîné. L'aube se pose à peine. Il faut partir. Bientôt, le soleil s'acharnera sur nous. Les champs n'attendent pas. Les potagers se dessèchent déjà. Le bétail a faim. À l'hôpital, les pensionnaires quémandent leur petit-déjeuner.

La moitié de l'année, la canicule clôt les fenêtres. L'autre, le froid transit. Se détacher du poêle est une blessure anticipée. Nous vivons avec un poêle pour seul désir. La rue est enneigée. Tous les jours, nos hommes la dégagent. Les pompes à eau ne fonctionnent pas. Non. Rien ne fut fait par plaisir. La joie fut toujours de courte durée. Une fête à Pâques, une veillée à Noël. Presque jamais de naissances. Il faudrait plus d'imagination que nous n'en possédons pour que naisse, chez nous, un jour de fête. Je suis sûre que pour un étranger cette vie est exotique. Certains n'hésiteraient pas à la partager le temps d'un dimanche ensoleillé. Cette simplicité. Ce charme campagnard. Un village entier figé dans le temps. Mais nous, que donnerions-nous pour la quitter ? pour nous reposer, rire, danser, et nous enivrer ? Nous donnerions tout. Hófehér existe pour une raison unique : ses habitants ignorent leur droit au refus.

Je me poste à la fenêtre. La vision est claire. Il faut tout brûler. Les jardins, les champs de blé. Les maisons centenaires. Leurs cours arborées. Brûler la rue. Les fontaines. Certains habitants, aussi. Ceux qui refuseraient l'exode. Nous pourrions partir, alors. Laisser les cendres à la brise. Les enfants sacrifiés à la rivière. En vélo, en charrue, à pied, par le bus : trouver notre terre promise, où le plaisir existe. Des flaques de bonheur partout. Un air léger. La climatisation à tous les étages. Et puis de l'argent. Suffisamment pour continuer de refuser, si besoin était. Ailleurs, nous pourrions réfléchir à ce que nous souhaitons accomplir. Nous pourrions devenir dignes.

Parce qu'ils ignoraient posséder leur vie, nos pères se sont soumis aux rites sacrificiels. Ils ignoraient pouvoir renoncer à leurs terres, ces terres, fondement du malheur. L'aube appelle. Les travailleurs se lèvent pour éviter la vindicte du soleil. Pour réparer les dommages de la glace. Pour sculpter les congères. Tout à leur travail, peut-être regrettent-ils le temps où les noyades de nouveau-nés leur garantissaient un hiver clément. Un été indulgent. Il n'y a pas de hasard. L'hôpital fut construit ici parce qu'on ne pouvait pas le repousser plus loin. Parce qu'ici, personne ne se demandera si cela fait sens, tous ces enfants jetés à la poubelle. Nul ne cherchera l'utilité d'une vie maintenue dans une cage.

Le temps n'existe pas, à Hófehér. L'espace s'est replié sur lui-même. Pour le plus grand plaisir des citadins en quête d'authenticité.

21

Dans notre village, l'eau qui remplit les éviers n'est pas potable. Elle sert à laver la vaisselle, à laver les corps. Celle qui désaltère se trouve dans la rue. L'unique artère du village est rythmée par les pompes. C'est agréable, durant la promenade, de boire de l'eau fraîche, de la voir s'épandre sur la terre sèche, si sèche. C'est enivrant de savoir que de l'eau potable peut couler ainsi, éternellement, et qu'il suffit de s'agenouiller pour la laper. Qu'elle pourrait couler toute une nuit pour rien. Parfois, j'ai envie de la laisser couler toute la nuit pour rien. L'hiver, les pompes sont réticentes à s'amorcer. Se désaltérer est un défi.

Boire n'est pas l'unique tracas de nos hivers. Manger l'est aussi. L'hôpital vit de dons mais personne ne donne. Douze fois par semaine, nous dégustons des tartines au pavot. Chaque matin, des tartines à la margarine. Les deux derniers repas nous promettent des pâtes aux noix et au sucre. Jamais de viande. L'été, les pêches du verger nous taquinent un peu. Je rêve d'un rôti à la transylvanienne. Tout est rude, ici. Ce climat. L'été brûle nos terres. L'hiver, la glace assiège nos portes. Les malades ne sortent pas. Ils n'hibernent pas non plus. L'énervement règne. À chaque occasion, je fuis l'hôpital. L'Ipoly est figée. Je patine sur son étroitesse. M'agrippe à la rive slovaque. Ma main quitte le pays. Je la glisse dans ma poche. J'ai voyagé. J'évite que cela se produise trop souvent. Pour écarter l'envie d'abandonner le pays, les malades, le village, la maison de mes pères. Quand boire est un fardeau, quand il n'y a plus un fruit pour distraire la langue, que les malades se battent entre eux, quand la vie est si lourde, si lourde : je retourne chez mes parents. À l'étage, ma chambre. Sur le bureau, les poèmes de János Arany. Le livre a la forme de ma poche. Je quitte la maison de mes parents. Sur mon lit d'hôpital, je relis les vers appris par cœur. Le poète murmure. Je l'entends. János Arany m'aime. Ses livres existent pour sauver des gens comme moi. Son existence a trouvé sa destination. Lire de la poésie, ce n'est pas se repaître de jolies images. Un poème est un miroir sans tain. Les images qu'il reflète sont autant de cachettes. Derrière sa surface lisse, d'autres silhouettes remuent. Voici tout ce que nous désirions cacher. Les sentiments amers, les pensées viles, la faiblesse. Nos vies remuent en sursauts dérisoires. Je les observe. Elles ne me voient pas. Gesticulent sans grâce. Vulgaires. Âpres. Enfin, peut-être parce qu'elles ne me touchent pas, leur fragilité m'émeut. Derrière la paroi de verre, je les trouve aimables, et j'ai envie de les étreindre, les étreindre toutes. Apprécier la poésie, c'est être capable d'aimer l'autre dans ce qu'il a de plus laid. Par les mots, le poète me lègue sa compassion.

Un poète n'est pas un intellectuel. Il creuse. C'est son métier. Son front perle de sueur. Il n'est pas insensible aux changements climatiques. Il creuse, dans cette canicule, il creuse, au cœur d'une ère glaciaire. Le ciel est terne. Il creuse encore, et, sous la pluie, excave, enfin, un sentiment abîmé. Il s'arrête de creuser. Il a trouvé. Le silence est parfait. Plus rien d'autre ne compte. Le poète recueille le sentiment avec délicatesse. Muni d'un canif, il le nettoie. Un poète est avant tout un homme habile de ses mains. À la fin du travail, le sentiment retentit de sa splendeur initiale. Comme au premier jour. Les poumons brûlent, la lumière éblouit. Il grelotte. Très vite, un nom lui est donné. Le sentiment est né. Il est terrifiant. Un géant qui ne maîtrise pas sa force. Son exubérance trahit le repos ambiant. Il faut l'abîmer de nouveau, il faut l'enterrer. Le mettre hors d'état de nuire. Les poètes n'auront jamais fini de creuser. D'excaver des sentiments, forcément insupportables. Un sentiment n'est pas naturel. Ressentir n'est pas aisé. C'est un travail pénible. Le poète le sait. C'est pourquoi il distille nos émotions dans des livres. Si je n'avais pas lu, je serais froide, je serais vide. Je serais, je le sais, vide de sens. János Arany, tu veilles. Grâce à toi, je suis sauve. Si je savais écrire des poèmes, je n'aurais pas besoin de travailler chez les enfants cassés. Je soignerais les gens à distance. J'écrirais. Mon don diffère. J'ai un cœur capable. J'ignorais posséder un organe aussi qualifié. Longtemps, il n'a servi à rien. J'ai toujours rêvé ma vie, d'une telle force que la réalité ne pouvait pas lutter. Et me voilà. Dans le quotidien. Tout ceci est réel. Tout ceci est palpable. J'ai un cœur capable. Je n'en veux pas. Tout ceci est réel. Tout ceci est palpable. Aidez-moi. Aidez-moi, je vous en prie. J'ai besoin de la main tendue, cette main, fantomatique, sur laquelle l'enfer n'aura pas de prise. Dont l'effleurement n'est qu'un pressentiment. Je vis en enfer, vous savez. Une voix. Des voix m'appellent. Elles hurlent. C'est terrifiant. Les hurlements sont continuels. Depuis l'étage du dessous. Depuis les dortoirs. Aidez-moi. Ces voix sont réelles. Le tourment explose à chaque syllabe. Non. Ne m'appelez pas. Ne prononcez pas mon nom. Je veux l'oublier. Sans nom, on peut encore rêver de n'avoir pas existé. Taisez-vous. Taisez-vous, c'est un ordre. Le silence. L'air. Le rien. Moi. Juste : un songe. Je n'arrive plus à rêver depuis que j'habite ici. Une voix. Des voix. Elles prononcent mon prénom. János, János, garde-moi. János, ta main tendue, tends-moi la main. Vite. Vite. Je suis tombée si bas. Jusqu'au rez-de-chaussée. Dans les dortoirs. Mais j'ai un cœur capable. Je l'ignorais, jusqu'alors. János a écrit pour des gens comme moi. Mon cœur est capable. Je ne peux pas écrire de poèmes. Mon travail est ailleurs. Voici mon utilité. Voici le terminus de mon songe. Mon rêve, enfin réalisé. Ici, je suis indispensable à quelqu'un. Voici mon rêve, enfin réalisé. La dernière station de cette ligne s'appelle l'enfer. J'y appartiens. Je referme le livre. J'ai envie de pleurer.

Par la fenêtre, froidure et congères. Les patients hurlent aux dortoirs. Ils appellent. Une minute. Je descends.

22

Les enfants normaux, j'espère toujours qu'ils plaisantent. Ils tiennent pour vrai des choses insensées.

Les enfants, ils se croient libres. Ils ignorent que la liberté, c'est choisir ses contraintes. Comment leur expliquer la témérité dont ils auront besoin pour s'accomplir, et que nombre d'entre eux n'en seront pas capables ?

Ils rêvent d'espace. Ils oublient l'infaillibilité des frontières. L'infaillibilité des cartes. Une feuille de papier décide à l'avance de ce à quoi ils auront droit ou non.

Tout petits, ils font des projets. Leurs carrières les mèneront loin. Vers des métiers d'avenir. Mais le futur rêvé tardera à venir. Le futur est lent, par définition. Ils l'ignorent encore. Avec les années, leurs convictions s'essouffleront. Le futur rêvé tarde toujours. D'autres années passent. Elles épuisent ce qu'ils avaient de plus cher en eux : le désir de faire mieux, et la conviction qu'ils pouvaient réussir. Beaucoup d'adultes désespérés furent des enfants particulièrement heureux.

Les enfants normaux, ils désirent des choses insensées. Ils ont besoin de plaire. Leur odeur lactée exhale la nécessité d'être aimé. Quand ils seront rejetés, ils ne comprendront pas tout de suite. Certains ne s'en remettront jamais. Les adultes désespérés vivent tous dans le fantôme d'un rejet.

Ces enfants, j'espère, du fond de mon cœur, qu'ils ne sont pas sérieux. L'absurdité de leurs questions, la fragilité de leurs croyances, toute cette immense, immense vulnérabilité, blessent.

Mais peut-être n'est-ce qu'une écorce. Peut-être n'est-ce qu'une mise en scène pour cacher le torse d'acier nécessaire à la survie. Au fond, ce que je souhaite, c'est que les enfants soient dotés du plus pervers des sens de l'humour. Sinon, comment les approcher sans les briser ?

Il ne faut pas rêver. Je vois mes compagnons de travail. Je vois mon père. Ma mère. Ma sœur. Tous les miens. Je reconnais en eux les bambins blessés par leurs propres illusions.

Les petits de l'hôpital, ils ne sont pas comme ça. Aucun danger de voir éclore dans leurs cerveaux des idées trompeuses. Rien ne peut les briser. Il faudrait, de toute manière, des instruments d'une extrême sophistication pour le faire, des instruments étudiés pour. Ils vivent à l'opposé de ce qu'ils devraient être. La jeunesse est gracieuse, gaie, légère. Ils râlent, bavent, souffrent. Ce sont des vieillards. Ils en possèdent les plus grandes qualités. L'acceptation. L'abnégation. La force larvée. L'expérience. Près d'eux, je suis en sécurité. Et je peux l'affirmer : à Hófehér, nos vieillards sont des enfants sages.

23

Depuis ce matin, Ádám décline. Le médecin chef est venu me chercher dans ma chambre. Je le savais. Ces enfants-là survivent rarement à leur onzième année.

Les yeux de l'enfant sont fixes, son front, moite, dégouline. Mon enfant souffre. Je demande à Magda le droit de rester près de lui. Elle ne veut pas. Je ne suis pas une nourrice payée pour m'occuper d'Ádám. Les autres aussi sont mes enfants. Les autres aussi souffrent. Ils ont besoin de nous. Nous ne sommes que deux ce matin. Ils sont dix-huit.

Dans l'après-midi, je retrouve Ádám. Son regard me fait peur. Il m'ignore. Je tenais sa main, sa petite main, la nuit où il est mort. Ses yeux qui exprimaient l'effroi se sont vidés. Son souffle s'est suspendu. Sa bouche s'est entrouverte. Son cœur s'est tu. Le sang a cessé d'abreuver chaque chose en lui qui faisait d'Ádám un Homme. Ses poumons ont cessé tout mouvement, et chacune de ses veines, jusqu'aux plus fines, au bout des doigts, a cessé de battre, ces doigts, ces doigts qui n'ont jamais pu saisir la moindre chose. Un soubresaut l'a parcouru. Pour la première fois, j'ai vu son corps s'animer tout entier, en un dernier et unique mouvement.

Ádám est mort pour de bon. J'ai crié. Magda a accouru. Je ne voulais, je ne voulais pas qu'elle me sépare du petit corps, qu'on me retire du petit lit où j'étreignais l'enfant, le seul que j'aie jamais eu, je, je ne pouvais pas le laisser seul, si seul, il ne pouvait pas, non, il ne pouvait pas me laisser seule. J'avais encore tellement besoin de lui.

Ádám, j'apprendrai des berceuses. Je chanterai aussi longtemps qu'il le faudra pour que ta vie revienne.

La pluie est tombée pendant trois jours, promesse d'un hiver rigoureux.

Ses parents sont enfin venus le chercher.

Ils voulaient l'enterrer à Budapest. Je me suis demandé pourquoi ils désiraient emmurer un parfait étranger dans leur caveau de famille. Je n'avais que de la haine pour eux. Ádám avait douze ans. Il en paraissait cinq. Douze ans. Il était, d'une certaine manière, âgé. En retournant au dortoir, j'ai pensé que ses souffrances s'arrêtaient là. Que son attente s'arrêtait aussi. Il y avait de la paix dans cette promesse. Magda a allumé une veilleuse. Les gens qui ont la foi, je les admire, car si néant il y a, ils sont prêts à le remplir. Je ne crois en rien. Il n'y a donc rien à remplir.

J'ai pris une chaise et me suis postée face à la fenêtre, comme au jour de mon arrivée. J'ai admiré mes enfants, tous mes enfants en vie, que j'allais soigner, soulager, qui allaient m'étreindre, me soigner, me soulager. Alors, quelque chose de doux a jailli dans mon cœur.

24

Ils eurent un fils. Ils le nommèrent Nándor. L'enfant mourut. Brisée, la femme attendit longtemps avant d'enfanter de nouveau. Ce fut une fille. Ils l'appelèrent Dóra. Dóra se sentait seule sans Nándor. La femme conçut un autre enfant. Ce fut Klára.

Si Nándor avait survécu, ma mère n'aurait pas tant délayé nos naissances. Dóra aurait trois ans de plus. Moi-même, je n'aurais pas attendu si longuement d'exister. Pourtant, nous ne serions pas là. À notre place, d'autres Dóra et Klára vivraient. Elles évolueraient dans notre maison. Mangeraient à notre table. Iraient dans notre école. Pleureraient sur nos lits. À elles reviendraient les souvenirs familiaux.

Apa, Mama ne verraient pas la différence. Ils ont toujours souhaité deux filles, qu'ils appelleraient Dóra, qu'ils appelleraient Klára. Un fils, prénommé Nándor.

Maman appellerait Klára son hibou, tout comme moi. Mais ce ne serait pas moi. Ce serait l'autre Klára. Un autre hibou.

Les petites vivraient dans l'amour, famille unie autour de leurs enfants. Dans mon immatérialité, corps nébuleux à ne jamais venir, je sentirais, je sentirais, peut-être, que quelque chose m'aurait été volé. Mes regrets informes toucheraient la Terre. Klára aurait des cauchemars la nuit.

Mais peut-être Nándor, ce grand frère qui m'a laissé la place, aurait-il dû vivre. Peut-être l'autre Klára aurait-elle dû naître.

Je suis un imposteur.

Les pensées de mon frère et de ses vraies sœurs touchent la Terre. J'ai des cauchemars la nuit. Le destin sacrifia un fils pour que naissent deux filles inattendues. Mes parents. Mes parents m'auraient-ils aimée mieux si j'avais été l'autre ? Ses parents l'auraient-ils aimé mieux si Ádám avait été un autre ? Ádám survécut douze ans, avec ses organes atrophiés, hypertrophiés, malades. Selon la logique, Ádám ne serait pas né. Selon la logique, il n'aurait pas survécu. Personne, aujourd'hui, ne peut douter de sa légitimité. De la légitimité de nos monstres. Moi-même, j'envie leur sommeil sans rêves.

Ce volume a été composé
par IGS-CP à L'Isle-d'Espagnac (Charente)
et achevé d'imprimer en octobre 2006
sur presse Cameron
*par **Bussière***
à Saint-Amand-Montrond (Cher)
pour le compte des Éditions Stock
31, rue de Fleurus, 75006 Paris

Imprimé en France
Dépôt légal : janvier 2007
N° d'édition : 78233 – N° d'impression : 063601/1
54-51-5970/6